わが流刑地に

新延拳

思潮社

わが流刑地に

新延拳

思潮社

目次

I

装画——矢野静明

I

約束の木

少年はせっせと蟻を殺す
踏みつけても潰しても蟻はどこからかやってくるのだ
少し離れたところではクラスメートが輪になって遊んでいる
逆光だが少年には枝の小鳥が見える
その囀りが心に刺さる
白い雲も

あの時の水たまりを子どもたちが囲んでいる

そのなかに青空がどこまでも大きく広がっていて
子どもたちが去ると
男の影が大きく水たまりにのしかかる

日の光が地面までとどいている林
それぞれの木はそれぞれの影をもつ
疎林という言葉は木々がまばらに生えているということより
木と木がお互いに関わり合わず
疎遠であることをいうのかな、などと

さてこの中で少年の約束の木はどれだ

男はタブレット端末の上の指を滑らせる
ときおり画面に置いた人さし指と中指の間を拡げる
男は風景画を見ているのだ

丘があり遠くの山々がくっきりと描かれている
広々とした野原の先には草叢があり、川が蛇行して流れている
その先にある疎林
風にのって刈られた草の香りが漂ってくる
それはこの世においてなにか失ってしまったような気にさせる
何を失ってしまったのだろう

男は視線をタブレット端末から離し遠くを見つめる
座っている公園のベンチは高台にあり
眼下の家並の向こうには連山が正しく並んでいる
ときどき陽炎がたつ
空間が一部まぶしくなり歪む
その時なにやら大きな指のようなものが二本
空の上を滑り
ときどき開いたり閉じたりしているのだ

ところで少年の約束の木はどこにあるのだろう

永遠と微分

樹々がうっすらと茂り、光の直射を遮っている
そのやわらかな光の中に女は座る
テーブルの上に片手をのせ、頬杖をついて
少しむきだしになった腕と顔に
さまざまな彩に変化した光が淡い模様を描く
女の肌の白さ、なめらかさをひきたてるように

あなたは鏡の奥でいつまでも待っていてくれる

晩餐を待つ白い卓布の上のシクラメンのように
最後の写真は微笑んでいた
やわらかな光につつまれて

時間を微分している思い
こころの中で見つめるたびに再構築される姿
思い出すたびに推敲したくなる気持ちは
朝毎のバターに刺すナイフの抵抗感のようにそれぞれ微妙に違う
私は月光の意図に操られたマリオネット
業平のようにいつもときめいていたいのだけれど

自販機に拒絶された硬貨の落ちる音
車は右折して行ったが
私は背後から車のランプに照らされる
一瞬自分の影が建物にくっきりと映し出された

オリオン座ベテルギウスは赤く輝く
若い時は青く輝いていた星も年をとると赤くなるんだよ
あの星ももうすぐ爆発し果て跡形もなくなってしまう
一千万年の寿命のうち残されたのはわずか一万年ほどというけれど

アフリカの大地溝帯に誕生したわが祖先
ルーシーと名づけられた女よ
あなたは最初に何に驚いたのですか
月の光が降り注ぐなか
自分の声が静かにのぼってゆくのを聞いたときではないでしょうか

異界からのベルカント

薄曇りの空にソースをかけたような黒い雲が広がりだした
鬼瓦も崩れ落ちそうな集落
人も見かけない
薺の花や苜蓿、土筆など
悪意のような春の雷が鳴って
いつか見たようなどこかで折りたたんでしまった記憶
集合するのも解散するのもいつもこの櫻の木の下だった

紫雲英、蒲公英、菫草
子のいないジャングルジムに桜が散る
花見の日取りが決まらないままサクラが散り始める
風がやんで夕方の光が思いのほかまぶしい
鳩の首が光る　梢の綾目がくっきりと

心棒のような横一本の線を持つ母という字
自転車の後ろに乗った子は
母のベルトをしっかりつかむ
そして導火線が一本出ていてもおかしくないような
赤いチューリップの横を走り抜ける

ブランコに乗った幼子が暗喩のような言葉を語る
生え初めた歯に地を離れた風がやさしい
落暉が一気にこの谷間の町を呑み込もうとしている

どこか異界からのベルカントにのって

夜になり窓の大きさの闇がのしかかる
封じ込めた風景に暗闇の函数を導入する
するとかすかに風が吹き光が動き水が流れだす
しかし私には音信の途絶えた人と
交わりを再開する文法がない
街にあふれる人々は眼前にいない者との対話に夢中なのだが

枕を抜け落ちていった夢は乳房のごとく饒舌だった
昨晩見た夢を同封します
さあカーテンを開けよう
御簾を開けてみせた清少納言でも気取って*
白居易の詩はとても暗誦できないが

*『枕草子』「第二百九十九段　香炉峰の雪」を踏まえた。白居易の詩は以下の通り。

香炉峰下　新たに山居を卜し草堂初めて成り　偶東壁に題す　　白楽天

日高睡足猶慵起
小閣重衾不怕寒
遺愛寺鐘欹枕聽
香爐峰雪撥簾看
匡廬便是逃名地
司馬仍爲送老官
心泰身寧是歸處
故郷何獨在長安

流刑地は

やわらかい影をもつ木製の電柱
あの蟬の殻は電柱にしがみついているのではない
夕日にそして名残の夏にしっかりと脚を掛けているのだ
舗道には空へ昇ってゆく線路が白いチョークで
少し前までは向こうの林に夥しい蟬の声がしていたのだが
今はそれがひとつになり巨大な一匹の鳴き声と化している
林にはとりわけ大きな洞をもつ樹もあれば
瘤だらけの樹もあり

影を持たない人たちの群がそれらを取り巻いている

この風景も情景も次第に遠景となって
いつか記憶から消えてゆくのだろう
大きな夕焼けだ
自分の嘘と向かい合っている今の時間
つっかえつっかえのハモニカの練習がどこからか
まるでB級映画のような日々
観ている途中で老いてしまう
エンドロールが延々と続くのだが
なにか惜しくていつまでも立てない

道すがら何人もの自分が歩いているのに出くわす
どんどん追い抜いていく
三叉路のこちらを行けばあと一息で秋へ

別の道を行けば真冬に逆戻り
けれども道を引き返すことはできない
おんおんと泣きながら去年の僕が追いかけてくるので

あの時のあの場所に気楽に戻ることができたら
あの時もうんめいうんめいとつくつく法師が鳴いていた
でも自分のいない集合写真にあらかじめ失われている未来
いやいややはりあり得たかもしれない未来
夕焼けの雲梯を登ってゆく人は誰

気がつくと自分自身が流刑地となってしまっていた
往年の二枚目俳優でもあるまいに
いつの間にか悪役ばかり演じている
さあ、三十年前の笑顔へもどるのだ

今日は散髪して水の光の中にいる
そうだ　愛人を百人散らせてコスモスに変えよう
そして　部屋にクリップが散乱しているように
いつかは銀河に散骨しよう
うらおもてのある大銀河に

流れ星とは身投げする星のこと
宴の後ほど宴がほしくなるときはないのだが
しかしそれは無人の部屋の時計のように何の意味ももたない
涼しくなった夜に吸殻のみを残して逃亡を企てるのだ

それともふくろうが啼くまでここで待とうか
暗闇は光を理解しなかった*、とあるが
夜の虹が出ている

私は誰かがいつか見た夢の中の登場人物の
生まれ変わりだということに

＊ヨハネによる福音書1章5節

煉獄にいて

翁は竹の中に美しく光るものを見つけた
僕は暗闇の中に光るスクリーンを見る
スクリーンに文字が表示されると
しばらくして消えてしまう
次々現れては消えてゆく
あらゆる国の言語で書かれた言葉言葉言葉
表示・消去の暗号化されたプログラムがあるのだろうか
これを完全に閉じることは誰にもできない

何者かの想像力によっていくらでも膨らませ
また続けることができるから
純粋な意味での一人称の物語でもない
あっても仮託された一人称である
すなわちこれらは基本的には開いているのだ
画面を決してはみ出さない一つの世界

繭のような部屋に籠っていて
外の雲の上には蒼空が広がっているのに

時間軸がだんだんずれてゆく
眠くなる
どんどん眠くなる

夜の郊外電車
車体が重く沈んで

それぞれの乗客の疲労を乗せて
漆黒の闇に光るものが見えたと思ったら
列車の窓に映る私を
追い越す快速が轢いてゆく
吊革のひとつひとつに夏休みを終えたひとがつかまっている
うたた寝をして倚りかかってくるひと
髪も僕の肩にかかる
あなたの夢をこわさぬように払わずにおこう
通過の駅のホームに立っていたひとと
一瞬目があった
そうしてもう一人
トンネルに入ったら急に思い出した
それはギリシャ神話の兄弟の蝶
プロメーセウスとエピメーセウスの目

彼らは確かに見たのだ
東京のバーの扉の中に迷い込んだ瞬間
銀色の芒原に迷って出口を探せないでいる自分たちを

またトンネルだ
何だろう
今追い越したのは
気がつくとまたスピンアウトしている

海を見ている
百八十度の海の景色
背後のホテルは見知らぬものだが
絶壁に立って見渡す海は昔と変わらない
寒い朝だ
二本の足で立っているのが不思議だ

吐く息が白くとどまっているうちに
なんだか足が震えてくる
はるか下に波が逆巻いている
足の震えが止まらない
おい
僕を止めてくれ！
お願いだ！

もうたくさんだ
一体全体人生が四コマ漫画だとしたら
いま何コマ目なのだろう
一コマいや二コマ目でもないことは確かだけれど
百舌鳥が啼く
自分の影を告発せよと
でも回転扉をくぐりつづけなければならない

煉獄にいるのだとしたら

とどまっている時間
どんどん進んでゆく時間
遺影を取り換えるのだ
此岸に本籍を持たない男にも
衣更えの季節がやってくる

見者の果て

外人墓地の墓碑はみな海へ向かって立つ
陸に上がった老船長が海を見ている
彼の透明なまなざしが染められていく　海の青に
炎天の海の浮標ほど孤独なのだろうか

空が徐々に群青色にその階調を譲りつつあった
老船長は場所を変えて座っている
船をつないでおく波止場のビットの上に

夕焼けがさまざまな光の微塵となって広がっていく

彼はいろいろな過去の断片を思い浮かべるままにまかせている
彼は詩を書くのだ
ここからは帽子をかぶっている彼の顔は影になって見えない
少しだけ寒くなってきた

天文学者は望遠鏡に星々を見るが
結局のところその先に発見し、見つめ続けるのは自らの姿だという
詩人も詩稿の先に見ているのは自画像かもしれない
詩を書くことは詩人をして必然的に自己省察に向かわせる

ゴッホは鏡像を見ながら自画像を描いたといわれる
すなわち、描かれた顔の左半分は、実は右半分
老船長が書く詩もそうなのかもしれない

市井の鉛筆詩人に何ができようなどというなかれ

なにか運命の尾のようなものが棚引いている
蕭条たる野原に彼は立っていた
向こうの丘の下に人影のようなものが見える
彼は行って聞いてみる

何もかものみ込んで雲はだんだん闇と一体化し不可視のものに
ここはあの世なるところですか
どんなところですか
みんなどこにいるのですか

まだ幕は引かれていない

カレンダーの中、歩いてくる人がいる
まっすぐにこちらへ向かって
暦の数字がどんどん大きくなってゆくが
たどり着けるだろうか
今年の終わりまでに
こちら側へ

音楽の中、人が走り去ってゆく

炎のランナー
ダッダッダッダッダー
たどり着けるだろうか
曲が終わるまでに
誰よりも早く
ゴールへ

古い写真の中、こちらを向いている子がいる
レンズと目が合っていない
どこを見ているのだろう
五十年後の未来
それは輝いているか
少なくとも好きになれそうか
教えておくれ
小さい頃の僕よ

音もなく夕焼けが広がってゆく
吹きはじめた風の裏側に回る
対岸の白壁が夕日に映えている
木犀が香っていて
またひとつ昭和の家が壊されてゆく
ユンボの爪が壁にくい込む
壁土が崩れモルタルが剝がれ落ちる
濛々と埃が立つ
その埃の中に家族の団欒の様子がうかぶ
主人とその妻、子どもが二人、老人がひとり
食卓がユンボにより真っ二つに割れる
炊飯器が吹き飛ばされる
着膨れた老人の体が袈裟懸けに切り落とされる
しかし皆は食事に会話に余念がない

壁が完全に落ちるとともに
埃はいっそう濃くなり
何事もなかったように食卓の映像も続いてゆく
見ているこちらの目に埃が入りのどが痛くなる
そして埃が風に吹かれて薄くなり拡散してしまうと
いつの間にか映像も散り散りに
でも君には聞こえないか
味噌汁をすする音が
子どものスプーンがかちかちと食器に当たる音が
父親の野太い声
母親の「もっと野菜を食べなきゃだめよ」と叱る声
子どもが野球のスコアを報告する声が
年寄りのしわぶきが
五十年分の家族団欒がすべて埃に

再び壊れた壁の向うにうすくなった夕焼けが
いろいろな音やさまざまな人の声が耳に渦まく
そしてそれらが重なって風音となる

光の幕が徐々に開いて星空という舞台が現れる
私は最初の登場人物を待つがいつまでも出てこない
夜が更け星が動いてゆくばかり
まわりを見たら観客は私一人

幕が引かれる前に新しいドラマが始まるはずなのだが
僕は鏡の奥でいつまでも待っている

耳鳴りと泰山木と口笛と

蟬の声、大降りの雨それとも松籟？
しつこい耳鳴りを何と思い込もうか
それこそ僕次第だけれど
まるで答えの出ない問いに溺れる案山子のような気がしてくる

手繰り寄せた記憶も白
この泰山木の花のような
見かけはそれほど奇異でもないのだが

その花にはあきらかに人を惑わすものがある
近寄るとこの香り　催眠術にかけられたようになる
また耳の奥でわが名を呼ぶ声が

荒涼とした街の公園に噴水が上がっている
縄跳びのなかに遠くの連峰が出たり入ったり
かなたには積乱雲が育っていて
カラスがみんなこちらを睨んでいる
気づくと空中にたなびいている黒旗
ここ地上ではマカロンの歯ざわりほどの風でしかないのだが
五十年前に消えた白球がこちらに飛んできた
ここは昭和か

昭和八十八年の夏
じゃんけんぽん　あいこでしょ

ぽん
次の石蹴りは僕の番
さて蹴った石は
今度は銀河系の外へ

えっ　女の人も口笛を吹くんだ
少し哀しい気もするけれど
でもとっても自由
f分の1ゆらぎ?
近くの公園のベンチでは妊婦が座っている
ときどき思い出し笑いをして
そのとき胎児も一緒に笑っているのだろうか
涼風が吹きすぎてゆき
夏の音符が踊っている

黙示が露のように

十字架の背後に回る
いつのまにか時間は敵となり
思想の墓標が打ち重なっている
四方から照らされてわが影がない
村人の顔は皆、埴輪そのもの
虚空は限りなく澄んでいる
コスモスの群落の中を通ってゆく葬列
景色はいつも遠い雷のようににじれったい

「神」という一文字以外何も記されていない宗教書を開く
いつも未完の言葉しか告げられないのだが
今回は黙示が露のように指をつたわって落ちてゆく
文法はとうに壊れてしまっていて
もうこの本は手放してもよいのかも

あの書がなくなっている
売れてしまったのだ
古本屋の棚に二十五ミリの隙間を残して
壁の漆喰が剝がれているところから
銀河が始まっている

覚め際どこか遠くで電話が鳴っていた
私を呼ぶ声も
誰だろう

母国語に心と耳を開くように薔薇の花が開いた今朝
私は夢の外に取り残されて
たくさんの折鶴に囲まれている

新聞紙から飢えが染み出してゆく
戦争の恐怖が
血潮が
まだ薔薇の芯には昨夜の夢が眠っているのに

どうして眠剤の名はどれも美しいのだろう

櫻の精が

間違って人を殺めたというのは
櫻の精がつかせた嘘であってほしい
今でも他人が見ている夢の中の光景のように思える
丁寧に痕跡を消した
でも自分の残り香がまだ
あれがあなたと会う最後になるとは全く思っていなかった
あの時閉めたドアの重さは今でも掌に

死者ほど多弁な者はいない
黒枠の中に叫び声が残っている
一切空の闇に
捨てるべき記憶なのだ
しかし
あの日のあなたが立体繪本のように現れてくれないか
飛び出してはこないかと
せめて影繪のようでも
追憶をくもらす事実の誤認の数々や
未来の偶像を今のうちに破壊しておかなければならない
と思ったのは間違いないけれども
電源を切った画面の闇にも浮かび上がる顔
幻の肖像画

金魚に餌をやるとき水面に映る自分の貌

自分に餌をあたえているよう
金魚は動いているのに水音を立てない

「月がきれいだ」と受話器より
女も窓から月を見る
「東京の月もなかなかよ」

「うふっ。じつはね。福岡じゃ月は見られないんだ
だって今夜は雨だから」

「そうなの」

「俺たちずっと違うものを見てきたみたいな気がする」

「う、うん」

「一度でいいから同じものを見ていたかった」

「そうね……」

「俺たちもう終わりだな」

「…………」

本当は、東京の空も曇っていて月は見えなかった

白いカーテンが妄想をはねつけている
隠沼の底にいるような静けさ
休日の夜の産院
婚姻届の上に黴がうっすらと
胎児がそれに手を伸ばそうとして女の腹を押す
女は婚姻届を遠くに退ける

人生ほど生きる疲れを癒してくれるものはない？

ある日のツイッターより

「人生ほど、生きる疲れを癒してくれるものは、ない」ウンベルト・サバ
と彼がツイートした
「遠く見え墓癒すなる梅雨の海」宮津昭彦
と僕が引用リツイートをする
生きている間は人生そのものが癒してくれるなら、
死後は自然そのものが癒しになるのかと
「海辺の墓地ですね」

しばらくして彼からの返信
そう、でもそれはたまたまのこと
海辺でなくても……それは
晴れているときは海の方が浜辺より暮れるのが遅いのか
波の白さが際立つのだけれど

今度は
「石ひとつ置いてはるかなもの癒す」大西泰世
と再度ツイートしてみる
石ひとつでも癒しになるのだろうか
誰に対する？
はるかなもの、癒す、という情緒的かつ観念的な世界に
硬質な石がひとつ置かれることによって……
「大事なのは湿度の違い」という彼からの返信
湿度……？

確かに生きてゆくには一定の湿度がいる
けれども湿度は乾いたものよりも
寂しさにつながらないか
うーん

消えてしまった神話にも爪の痕があるように
賽の河原の石ころのひとつひとつも神の遊戯の名残
読み終わる前にどんどん流れていってしまう
ツイッター画面の字幕とは違うということだけは
確かなようだ

ん?　ところで
彼って誰
全く知らないのだ

そのなかの一匹

ペットショップの売れ残りの子犬が
どんどん大きくなっていく
私の閉ざされた夢の中には
白い鳥が飼われていて
どんどん小さくなっていって

森の中をひびくオルフェウスの竪琴
魅せられて動物たちが集まってくる

そのなかの一匹がこちらを向いて
目が合ってしまう
あっ　あれは
釈迦涅槃図のなかにもいたやつ

蜘蛛の巣の中は温かいか
捕らわれの身の忘我
加害者も被害者も恍惚
遠い日の窓硝子に映る
電灯　そして私の顔

星屑がふる
木馬の夢をカラスがつついたので
逃げた夢の尾が天心をよぎる
その時だ

フクロウが堕ちてゆく先
宙に修羅が始まるのは

遙かなる駐屯地

悼　辻井喬氏

だんだんあなたの輪郭もあいまいになっていく
風景に溶け込んでいって
かろうじて形をなしているというべきか
とてつもない深淵が日に日に大きくなるばかりなのに
いやそれとも過去現在未来という時間の流れだけが
移ろっているだけのようにも
その向こう側にあるものはなんだろう
砂の表情ははっきりしているのに

……すべては言葉だと
あなたはおっしゃりたかったのでしょうか
ビジネスも消費も小説ももちろん詩も
いうまでもなく「おいしい生活*」も

あなたが今おられる「駐屯地*」にも
幻の花が咲いていて守護神のような可愛い鷲が*
羽ばたいているのでしょうか

いやあなたが今おられるのは
決して「駐屯地」なんぞではないのでしょう
幻の花ではなく本物の香しい花が咲いていて
壊したい城壁もない*
そしていつか来るはずの再会はもうありましたか

いやいや夢を見るのは生きている証拠で*
生や死という認識は此岸にいる者のものだとしても
最後にもうひとつだけ教えてください
そちらもすべては言葉の世界なのでしょうか
それとももはや言葉もなくて……

*「おいしい生活」――西武百貨店のキャッチコピー
*「だから駐屯地に留まるしかなかった」――『自伝詩のためのエスキース』より
*「幻の花」「守護神のような可愛い鷲」「城壁」「夢を見るのは生きている証拠」――それぞれ『幻花』、『鷲がいて』より

転調し変容しつつ

悼　那珂太郎氏

音はどこへ行くのだろういつも消えてしまう
生まれては拡散そして消えるアメンボウの水輪のように
消えてしまったあとどこへ

あるいは灰色の空へ　音は
形をともなってかすかに消えてゆく
あるいは碧の海底へしずかに流れてゆく

あなたの好きだった
たまゆらの太鼓のとほい高鳴り
どんたく囃子も　舁き山笠の音声も[*1]

那珂さん、あなたの詩の音楽
あの音としての詩いや詩としての音も
音であるからには消えてしまうのでしょうか

「むなしいむなしいむなしいむなしいむなしい
むなしい心もむなしい
むなしい心もむなしいといふ言葉もむなしい[*2]」と

いやいや それらは詩集を開けばいつでも聞こえる
くりかえしくりかえし
鳴りやむことなく戦慄するこころの無限旋律のなかで果しなく転調し　変容しつつ[*3]

消えてしまう　天地に谺して痙攣しながら
でもいったん消えてしまうからこそより明確に現れる
あなたの握手のあとの掌のぬくもりのように

今は七月
「音の歳時記」では　ぎょぎょ
「ぎやわろっぎやわろっぎやわろろろろりっと」心平式の大合唱となる　と

いまごろは那珂さんと心平さん
銀河の柄杓で星の酒を酌み交わし
天上のあらゆる音に囲まれて

＊1　「はかた」より

＊2「透明な鳥籠」より
＊3「作品＊＊」より

歌声が迎えてくれる　そんな日には

バックミラーに映るかの日の夕焼け　啓示のような夕陽
確かなのは現在だけ
でも過去や未来よりもその現在がよくわからないのだ
夕光をのせて芒の原をバスが行く
葉を落とした林を透けて町が見える
まずは思い出の成分を分析せよと
さてどこからか　どこまでか

七四五年　洛陽の酒肆
四十四歳の李白と三十三歳の杜甫が別れの盃を交している
お互い無位無官
夕日がさしこんで酒器を一瞬赤く染め
落葉は寒い色に散る
奥の席で見るともなく見ている私

阿蘇の外輪山のすぐ内側にそっている水田
暮色がひろがってきた。
外輪山の上には真紅の夕焼けが炎えているが
麓の家々には明かりが灯りはじめた
昼間の蒸すような暑さとは違って
心もち涼しい風も吹いてきた

校庭の闇に溶けているボールが二つ

ひとつは野球のボール　もうひとつはサッカーのボール
ひそひそ話をしている
今日の活躍のこと　今までで一番空高く飛んだこと
どんなに速く飛び　大きく曲がることができたかを
いま風が吹いてサッカーのボールが少し動いたようだ

ひとり見る夢をいくたびも追いかけてゆく
いつのまにか私が消えている
きっと私の思い出も
足跡が漁網まで続いていて
静かな波が寄せていて

大きな夕焼けの中、自分の家が見つからない
昏くなっていくのに
いつまでも

歌声が迎えてくれるそんな日はそんな日には
お願いだから笑っていよう
笑い合おう

お墓を買いませんか

プルルルル　プルルルル　プルルルル…………

ガチャッ

お墓を買いませんか
絶対お得です
もうこんなよい場所は出ません
都会の喧騒とは無縁な
とても風光明媚なところにあります

しかも交通の便もいいですよ

日曜の午後
うつらうつら　うとうと
くぅー
電話に起こされる

お墓を買いませんか
皆様に大変好評です
継承者がいらっしゃらなくても使用権は抹消されません
ペット同居型のお墓もございますよ
宗教は問いません

うっ
うるさい

俺は死なないんだ
一生生きるんだよ

一度ご覧になりませんか
いろいろなプランをご用意いたしております
もちろんあなた様がそのままお墓に入られても結構です
そのまま法要いたしますから
ハイ

ガチャッ

Ⅱ

五十年前のあなたへ

卒業式が終わった　教室に寄ってみる
水槽の金魚は深く沈み　マリモは浮いたり沈んだり
君は何を探しているのだろう
いつか転がっていった錠剤だろうか

真白な頁に春の光があふれている
それは記憶の捨て処かもしれない
書いて書いて燃やしてしまおう

書かれた文字が身を捩って捩って

時がゆく
時をゆかしめる
採血室に置いてある砂時計
血管がどんどん伸びてゆく

にーげよ　にーげるな
　にーげよ　にーげるな
あらかじめ廃墟となるべく定められているこの都会も
今日は空中に舞う埃を午後の光が燦燦と輝かせて

図書館　夥しい活字のラビリンスを通り抜け
いつの間にか死者に憑依した君は
許されて当然のように死者の言葉を語る

死者は使者だと

夜の向う　吹くことを禁じられれたシャボン玉が流れてゆく
机の上の顔と机の下の足では君の表情がまるで違う
消しゴムを最後まで使い切ったことがあるか
いつもその前にどこかに消えてしまうだろうが

君は書く　五十年前の円谷幸吉さんへ
あなたに花種を送ります
文鎮には河原の小石を用意したのだけれど
手紙の続きは　白紙のまま

＊円谷幸吉――一九六四年東京オリンピック、マラソンで銅メダルを獲得。次回のメキシコオリンピックでの金メダルを期待されたが、一九六八年に自ら命を絶つ。

結界を張る男

スマートフォンの奥から三角定規が男に向かって飛んでくる
平安貴族の笏のように
あるいは位牌を持つように
スマートフォンを捧げ持っている男

男は願う
ストローを長く伸ばして
魂を吸いこむようにあの人を……

それともカンヴァスに描いて閉じ込めてしまおうか
モディリアニの女のように
今後ずっと自分を見続けてくれるように
生活を悲喜こもごもを
雪が降ってきそうな夜

「悲しき玩具」は啄木だが
言葉も男にとって終生の玩具
「一握の砂」が上梓されてから百年
あんな生き方はとてもできずに
あちらにぶつかりこちらにころげ
おろおろしながらも
生き永らえている
砂浜の中から言葉を探し玩具にしながら

男の乗り込んだエレベーターが少し長く開いている
扉が閉まるその刹那に入り込んできた何か
澄んだ空気のようなものだが
意志を持った気配のようなもの
そのままエレベーターは寒空をのぼってゆく
星屑が極上のキリル文字となって降っている

男は酒場の止まり木にすわり
この薄暗い片隅に結界を張る
バーテンの手以外誰も侵入させない
今日一日の嘘とこの沈黙
自分なりの楷書のような一日を終え
草書のように酒をのむ
彼のつくりごともいま外の闇に染まってゆく

何ほどかの者になりたかったあの頃
もう何者でもない今

吹き飛ばされてしまった影

繪の中の裸婦には影がないが
美術館の床にときどき影を落としているのを知ってるかい
全き黒目の画中の人よ
なぜ己をそのように永遠に閉じる？

身の内に飼い殺しているものの息吹を
僕は耳をそばだてて聞いている
それは影といわれているもの

僕に聞こえている影の声は君には聞こえない
医者は幻聴というけれど
君の耳の感度が悪いのかもしれない
僕は大きな水槽に張り付いている鱏のように疲れているが
ときに自分の影を指揮しなければならない

ひとりのときにはずっと蹤いてきているのに
影は人ごみをきらう
薄くなって消えてしまう
スクランブル交差点でみんなの影がもみくちゃになる
踏まれる痛さに耐えかねてなのか
それぞれの影が打ち消し合っていなくなってしまうのか
それとも合体して天にでも昇るのか
ほら　ひとりになると降りてきて
また僕に蹤いてくる

「ぽ」って何？
「ぽ」はおまえみたいなものだ　影よ
よりそってくれる
でも無くても何とかなるんだ
「ぽ」と本体の間に小空間「っ」があり
さきっぽ、はしっぽ、しっぽ、尾っぽ、からっぽ
ん？　からっぽ？　空っぽ
からっぽの「ぽ」だけは他とちがうようだけれど
なんだかむなしさが募ってこないか
真昼の影が死という定型に近づくようで

のどかな日だ
田舎の駅のホームに立ってぼんやり眺めていると
昼間見た埴輪が田を打っている

あいつにはよりそっている影がない
雲の影が枯野の彩を変えながら動いてゆくが
日を遮って
保線夫の影を盗んでいった

ホームの先に人影、と思ったら
逆光の中に立っているヒマワリだった
あっ
いま通過列車が吹き飛ばしていった
僕の影

消しゴム、貸して

「この間はとても楽しかったけれど」という手紙
けれど？
……けれど何だろう
「こちらはなんとかやっています」
なんとか？
……重いなぁ
憶測に次ぐ憶測
ぐるぐるぐる

遠くから来るはずの宝船に灯台の光が届かない
僕は月を仰ぎながら
一つ覚えの曲を口ずさむしかない
チューク・エリントンの古い古いやつ
陸に船が置き去りにされているのだもの
水仙や冬の菫が咲いていて

今朝夢であなたとお会いしました
朝顔の紺が風に揺れていて
その蔓に影がまとわりつきのぼってゆく
踏んでしまった夏の短い夢の端
目が覚めて別の夢へと入ってゆく刹那のようだが
僕は夢に拒まれ留まることは許されなかった
所詮夢と夢の間の一世なのだが

人生は常に一瞬一瞬がシャッターチャンスだったんだ
今から思うとだけど
なにも刻々と変わる夜明けの光景や
洗い立ての雲のようなものでなくても
にいのべの書棚に並ぶ背表紙はどれも墓標
そこから一冊取り出して中身を読むのは
死体を腑分けすること
沈黙に耐えきれず上げる顔
鏡に映った目と目が合って
君に話しかけた言葉はただひとつ
「消しゴム、貸して」

また眠くなって……
昼寝から覚めると二十一世紀も終わり

雪だるまと雪うさぎ

満天の星がいつの間にか消えているように
改行するとすべてが変わる　だろうか
裏切りの気持ちも
固い靴音をさせているダークスーツも

（これから先はすべて各駅に停車します
のような人生になるのだろうか
あるいは山手線外回りで行く方が近いのに

わざと内回りで行くような　　　おい）

アルバムを開くと色褪せた写真
眠っていた時間が目を覚まし
家族も街も動き出す
何もかも壊れてゆく音がするなか
苦しそうな声を出す鳩時計

雪？
雪のようだわ
雪が降ってきた
雪よ
うわぁい雪だ
初雪だい
界隈の人々が口々に言う声が

つもりつもって本当の雪になる
もっとも雪らしい雪に

毎年雪が降る今ごろは
亡くなった飼い犬の匂いが　ふと
今は雪だるまと雪うさぎだよ
飼っているのは

アビーロードB面の午後

お元気ですかと　書きはじめ
そんなことはありえないけれど……と思いながら
ところが
棺桶に歩いて入れるほど元気、　との返事

鏡に映っているデジャヴ
ダリの眼　ルドンの眼　わたしの眼　眼眼眼眼眼
カタツムリの片方の眼がにゅっと伸びて

なにを見ているのだろう
いまアビーロードのＢ面のような午後が終わりにちかづき
ジ・エンドからハー・マジェスティに移ったところ
きみとぼくは天使にならいつでもなれる
きみはとても気前がよく
ぼくはとびきり貧乏だ

そらがはれてどこまでもひろがってゆく
コスモスがゆれているところまであるいてゆくと
そのさきにまたコスモスがゆれている
どの国のどことも知らずにうろこ雲がうかんでいて
とおくに壮大な城
上空をふたこぶラクダが
はやくしないとはやくしないと
きえてしまう

ああラクダのあしがうすくなってゆく
見ている この僕も
城もだんだんかすんでゆく

きのうの雨をネコがなめている
ブランコの下の水たまり
それをおおきなカラスがみている
そいつはけさのぼくの夢から出てきたというが
蹌踉と病んだイヌがあゆんでいる
ススキの道を
受験生の呪文か
く・から・く・かり・し・き・かる・けれ・かれ

きみはいつまでも列車をまっている
廃線の駅のベンチにすわって

さあ
ぼくは陶器の犬のまつ部屋へかえることとする
少し冷えた部屋へ

モノの逆襲

部屋の灯りを消すと機器が点滅している
パソコンの吐息

もうそろそろ買い換えようか
冷えが悪くなってきたし
省エネ型でもないしね
しいっ！　しーぃっ！
冷蔵庫に聞こえちゃうよ

そういえばこの前なんとなく
コインランドリーの番号を呟いたら
止まっていたのがあわてて動き出したよ
すぐに止まったけれど
しーぃっ！

何か物の割れるような鋭い音が響いた
師走に入ったばかりの盛り場の昼
「明日は晴れるだろう、難破した者はそう言った*」
というルオーのことばがそのときなぜか

洋館に掛っている古い地図
ゆったりと時が流れてゆき
地図全体が染みのようになって

壁の一部に

一九二九年某日
フェルナンド・ペソアはリスボン市内の
小さな美術館に足を運ぶ
階段裏の目立たない陳列棚の
とある油繪風石版画に目をとめる
それはカレンダー
繪の女性がペソアを見つめている
あたかも彼が全能の神であるかのように
魂そのもののような哀しい眼で
彼は勤めている事務所にも
同じカレンダーがあることに気づく
まったく同じもの
日付を飾る装飾文字

でも繪の女はまるで違うのだ
美術館にあるものと比べると
あれほど哀しい目をしていない
そのことに我を失うほど打ちのめされるペソア

突然ボールペンが書けなくなった
インクが切れたのだ
電気カミソリが動かなくなった
充電が切れたのだ
電灯が消えた
球が切れたのだ
君がいなくなった
……のだ

遺品の時計がしずかにしずかに狂ってゆく

氷柱が朝の光を飲み込んで
鉛筆をとがらせて尖らせて

そうですか
そうですね

＊ルオー『ミセレーレ』より

祈りの蕾

見張りの者よ、今は夜の何どきか
見張りの者よ、夜の何どきなのか[*1]

雲が触れ合う音
不安が擦れる音
記憶を点検する
まだ眩いものが残っているか
全部犯されないうちに
忘れないうちに

「愛する民衆の愚昧と聡明な時の流れ[*2]」と書いた詩人
声が浮いたり沈んだり
洪水が向かう方へ流されていく
水の面は怒号に満ちて

エネルギーをためて波は
闇を持ち上げる
遠くから神を呼ばわる声
雷が鳴っている

神さま
神さま
なぜ黙っておられるのですか
語ってくださらないのですか

あまりにもあなたの沈黙が長いので
とうとう雀が創世記を
語り始めてしまいました

胸の中央に祈る手
哀しき祈りの蕾

天がいかに縹渺としていても
この狭い地にて死ぬほかはない
笑ってしまうではないか

ほら
カラスを従えて歩くあの跫音が　今も

＊1　イザヤ書二十一章

＊2　小熊秀雄「運命偶感」『流民詩集』

しゃぼん玉のなかのふるさと

逃げる
逃げ続ける
どこまでも
いつまでも
あっ　夢　覚めても　まだ
でも探してくれる鬼がいなくなったら
よく乾いたTシャツにある洗濯ばさみの跡

しゃぼん玉が彩を変えながら飛んでゆく
しゃぼん玉のなかにはふるさとがある
つぎつぎと生まれる玉のなかにはそれぞれのふるさとが
ああ遠くなってゆく
無数のふるさとが
だれもかれもが

昼の月が東の空に漂っている
都庁を仰ぎながら
このあたりは淀橋浄水場だったことを思う
コウモリがたくさん飛んでいたね

思い出に倚り懸る
思い出に身を横たえる
思い出に座って自分がある

そうだ思い出はわが椅子
若い時には思い出は増えていった
椅子もどんどん大きくなった
近頃思い出はあまり増えていかない
椅子も安定してくるとともに固くなってきた

古い雛人形が回送電車を運転している
昭和の扇風機のように首を傾げて
電車が行ってしまうと
犬の遠吠えと豆腐屋の喇叭
あの公園に出ればきっと赤尾敏が演説をしているはず

踏切に立つと
絶叫しながら近づいてくる特急電車
その中には未生の子どもたちが乗っているに違いない

明日も喋ろう——昭和の不良へ　悼　小山和郎氏

金平糖が掌から落ちた
あの男が逝った
病んでいると聞いてからずっと
この日が来るのではと
漠とした不安が
眼裏にあるのはあの男の痩身・ざんばら髪
そして酒呑む姿
躊躇いなく言おう
あんたは間違いなく昭和の不良だった

しかも凜とした
「明日も喋ろう弔旗が風に鳴るように」*か
結局この句は残ったな
キザだけどあんたらしくていい句だ
おれは群馬文学全集のある巻に
あんたが小さく写っている写真を挟み込む
写真よ
いつか出て来い
きっと出て来いよ

*詩人小山和郎の句。結核を患い国立療養所大日向荘でできた友人が亡くなっていくのを悼み詠んだもの。覚えられて、全く別の事件（朝日新聞襲撃事件）のときに引用され、広く知られるようになった。

昨日の明日は

花見だ花見
左隣にいるのは埴輪
右隣は星の王子さまに出てくるウワバミにちがいない
ゾウをのみ込んだというやつ
時空を超えた連帯感　か
春の日は千の言葉より残酷だから
私は体ごと着替えてしまいたい
弥陀の掌にのる蝶のみる夢は千年をとぶとか

深海魚に求愛されている
「悩みの果てぬ古き場末」*の酒場で
さっき雑踏で見かけた子ども
あれは私の父ではなかったのか
本当に昨日の明日は今日なのだろうか
ルオーの道化師の繪が壁に掛かっている
真赤に染まった空の下傷ついた仲間を
真中に支えながら歩く三人の道化師
旅から旅への毎日
たまには笑われるより感動されたいよ
という声が聞こえてきそう

そう　曲が流れている間はいい
一たん止まるとその刹那
椅子取りゲームの修羅となる

そして　楽譜の中に君を見失う

店を出て
橋の上の大きな月を黒く塗る
お帰りと言ってほしくて
夕櫻の中を帰りながら
監視カメラに笑いかけてやる
高層ビルの谷間に彼岸の風が吹く

風が吹いて見えない扉がそっと開く
魑魅の飛び交う音魍魎の声
この家ではいつも仏壇から声がしていたのだが
それもだんだんと衰えてきたようなのだ
音もなく襖が滑って影が入ってくる
人影に寄ってくる鯉のように

ひとしきりその影は部屋の人形の影と睦んで
いつのまにか出て行ってしまった
私はひとり部屋に残されて
襖繪の青海波に囲まれている
本当に昨日の明日は今日なのだろうか

月の光がふる
月は囁く
そそのかす
私の眠れない遺伝子に
光はやさしく庭木の肌をなめまわす
今宵の月に誰も気づいていない

＊悩みの果てぬ古き場末で――ルオー『ミセレーレ』より

孤悲孤悲と

旅も三日目カレーライスが恋しくなってきた
木の実を踏むと孤悲孤悲《こひこひ》という音がする
ひとり旅
通された宿の畳の鮮しい香り
よけいに何かが恋しくなる
寂しくなる

外は緑色のあらゆる変化形

竹林に日がさしていて
「祈りかつ働け」とのベネディクト会の掟や
「朝の祈りを歌え、陽はまた昇る」という
ルオーのミセレーレが浮かんで

そろそろ帰ろうか
週末ごとの家族ごっこも悪くない

＊「孤悲」は、「恋」を表す万葉集の表音文字として使われたもののひとつ

乾反葉

薄田泣菫の詩に乾反葉*という言葉を知った
乾ききって反り返っている白茶けた落葉のこと
踏むとかさっと音がするだろう
雨が降ったら滑るかも
それはまるで自分のことだよなんて

口の中は血の味がしている
ばさりと髪に鋏を入れる

爪を切って自らの過ごしてきた時間を飛ばす
いままでわが身の一部だったものが離れてゆく
私の影に弱々しい秋の蝶がしのびよってきた
何かしらの不安
それは突然私にぶつかって来て
音立てて粉々になった

あっ　また電球の球が切れた
生きて付け替える
付け替えて生きる
付け替えてばかりの人生
電話をとれば誰にかけようか、何を話そうかを忘れ
冷蔵庫を開ければ何を取り出そうとしているのかを忘れ
テレビをつければ何を見ようとしていたかを忘れ
でもコンピューターにはないだろう

自動忘却機能は

他の傘と絡み合って僕のビニール傘が抜けない
傘立ての中で僕のが開いてしまったから
降り始めの雨に金木犀の香がふと強くなった
その香りの中へ何もかも忘れてしまおうか

いつまでもあきらめず
誘蛾灯に体当たりを繰り返す火取虫
空を翔ることをあきらめたので
駝鳥はあんなに速く駆ける
あきらめることとって

うっかり乗り越した
知らない駅に降りる

夜空がはれて月の光がホームを照らしている
たしかあの時もここで降りようか
それともこのまま乗っていこうかと
ホームの外灯が妙に黄色く弱々しかったような
つい呟いてしまう
「この年になればわかるよ」

*「日は木がくれて、諸とびら／ゆるにきしめく夢殿の夕庭寒に、／そそ走りゆく乾反葉《ひそりば》の／白膠木、榎、楝、名こそあれ、葉広菩提樹」（「ああ大和にしあらましかば」より）

暁降ち

ゲームに熱中している男
電子音と冷蔵庫のぶつぶついう話し声だけ
星々が滅び新しい宇宙が誕生しても男は止めないだろう
戦え
殲滅せよ

天空のただいまの主役はヴィーナス
シリウスより輝き

マースを遠くに放ち
ジュピターより天高く
月はまだだ

胸中の夜空をどこまでも飛んでゆく純白の鳥
星がだんだん殖えてゆく
星の光が降り注ぐなか
男の想念が部屋を出て静かにのぼってゆく
身中の魑魅魍魎ももぞもぞと動き出す
「これから」がいつのまにか「あれから」になっている
男は過去を失い続けている　よって未来もまた

万華鏡に適量の喜びと
それより少し多い哀しみを入れて回し見ているのか
大いなるものよ

それでも男はひそかに夢見ている
「さあ　希望に輝ける星座となりし我を見よ
地球がはじめて月の存在に気づいた時のように」
と、言える日が来るのを

夜がその盛りを過ぎて　明け方近いころ
暁降ち（あかときくたち）、といにしえの人が名づけたころ
男はまだゲームをしている
そろそろ止めたらどうだ
おい　そこの月
ポケットに入れて持ち帰っちゃうぞ、と言って

はがしてもはがしても

何をしたというわけでもないのに気がついたらもうこの時間
はがしてもはがしてもなおそこにある寂しさは何だろう
自分がこの世に存在するということといつもの休日
窓から入って来た蜻蛉が出て行かない　出て行けない

自分の影が闇に溶けてゆく
天空に星の流れる音がすると必ず思う
一体音って何なのだろう、と

暗闇という字には音が二つ入っている
どんな音なのだろう

幼子の手をとって星を数える
夜空から星を一つとって君にあげよう
あなたは流星をせっせとかきあつめては恋文に貼り付けている
通信販売で惑星が買える時代になったとはいえ

ぼくに話しかけてきて追いかけてきた月
この風船をこの春の満月に捧げようか
バス停に死者たちが待っている
あっ電線が月を真中からぶった切ってしまった

昨日と今日の間の線がやっと引かれた

唯一の祈り

この季節、喪中葉書きが一枚一枚降ってくる
明るい紅葉に指切りげんまんの指が透きとおる
木枯らしは音の曼荼羅のよう
引力に従うのか風に応ずるのか
落ち葉は寒い薄日の彩に染まってしまったが
木の実には日の温みが残っている
ジュラ紀に繁茂したといわれる銀杏の樹
今日は葉を落としたその影で姿がないもの同士がまぐわっている

たしかに感じる
雲を見上げていると
同じ景色、同じことが以前もあったような気がする

空にも水脈がある
空という一枚の葉っぱの葉脈のような
地上では色づきわずかに残った柿の葉が揺れている
何かを忘れてしまったことも忘れ果て
暗喩と直喩が入り混じり私はいつのまにかまどろんでいた
顔を消された郵便局員が風の中配達してきた
夢の匂いは透明で濁音がなかった

駐車場の路面に病室の窓から反射した光がたゆたっている
たった今見舞ってきた人とはもう別の空間にいるのだ
内ポケットに手を入れると底にある一円硬貨

なぜここにあるのだろう

誰かの生まれ変わり？
銀座三丁目に揚羽蝶？
それは七彩の夢を見せてくれるというが
鏡面のようなビルのガラスに近づいてくるのは
コートを着て疲れた顔をしたまぎれもない私と子ども
ビルの影に入った瞬間それが消えてしまう
本当に子どもが消えてしまった気がして
思わず子供の手をしっかりと握る

ミラー氏にインタビューを受けたんだ
鏡にインタビューを受けたのか？
鏡に自問自答していたんだろう
鏡の中に置き去りにされているあの日の姉が見える

遠い砂場にはまだ砂の城が残っていて

一方通行、進入禁止、次に左折禁止、
指定方向外進行禁止、車両進入禁止
いつまでも行き着けないよ
でもだれかが僕の口笛のあとをついて歌っている

生家の机の抽斗に櫻貝が入っている
ときどきそれが私に電波を発信してくる
帰ってこいと　ほら　また
堆く積まれた新聞紙に囲まれて座っている男
じっとこちらを見ている
神田日勝の繪のようだ
夢なのか　これは夢だ
この夢から覚めてしまおうか

この夢を殺してしまおうか
それともこのまま

とうとう今年の悲しみにも追いつけなかった
悪口でさえ祈りに変わってゆく
無言の祈りが螺旋をえがいて昇ってゆくのに
天空にもわが指紋が満ちていて
祈り
詩はいつでも唯一の祈り

見たな

見たな
おまえ
私の日記を
覗いたな
私の秘密を
裸身を

でもそれは私の本当の姿ではない

現実の声と留守電に入っている声以上にちがう
望遠鏡で接眼レンズから見るのと
対物レンズから見るほどに離れている
真実の私は私にもわからない
私が私に折り合いをつけるために
私の胸から出たり入ったりした言葉の塊を見たとて
私が時間を呑んで記憶を吐いただけの
書きつけをかすめ見たとて
ルビのようにいつも私のそばにいる日記を覗いたとて
私がきのう捨てた言葉を
おまえが温め直して愛したからとて
私を知ったと思うなよ
おまえ

私のケータイのメールを盗み見ているおまえは

蒼白い光に照らされて亡者のよう
そんなにおかしいか
それともそれはニュースなのか
空虚な嘘を呑み込んだおまえの喉仏から
漫画のような吹き出しが出ていて
「淋しい」と書いてあるではないか

すましたカタカナも
笑い出しそうなひらがなも
自分のいびきを聞いているよう
鏡に聞いてみろ　誰が一番嘘つきかと

そう
おまえは私
私はおまえ

私の詩を見たな
私の哀しい詩を
おまえ

新延拳既刊詩集

『紙飛行機』(一九九四年)
『蹼』(一九九六年)
『百年の昼寝』(一九九九年)
『わが祝日に』(二〇〇一年、地球賞・詩と創造賞)
『雲を飼う』(二〇〇五年)
『永遠の蛇口』(二〇〇八年、更科源蔵文学賞)
『背後の時計』(二〇一一年)

他に、『バイリンガル四行連詩集』、しかけえほん『どうぶつれっしゃしゅっぱつしんこう』(翻訳)など。

わが流《る》刑《けい》地《ち》に

著者　新延《にいのべ》 拳《けん》
発行者　小田久郎
発行所　株式会社 思潮社
〒一六二—〇八四二　東京都新宿区市谷砂土原町三—十五
電話〇三（三二六七）八一五三（営業）・八一四一（編集）
ＦＡＸ〇三（三二六七）八一四二
印刷　三報社印刷株式会社
製本　小高製本工業株式会社
発行日　二〇一五年七月十日